Prince
start.

邱勝翊
的10957個日子

Prince Start is ......

30……曾經是個以為離自己很遠，卻馬上就經歷的數字。

小的時候常常會想，我 30 歲要買個大房子、30 歲要成家立業、30 歲要生幾個小孩……想著想著，一轉眼就到了！只不過這些都已經不是我現在最想做的事情，隨著時間，還有經歷，讓我不斷的改變與成長。

現在有種特別深的感觸，是文字和音樂是世界上很美的東西，所以我想在 30 歲留下一些特別的文字、音樂和故事，讓我可以在往後的 5 年、10 年、20 年……回想起 30 歲，有個重要的回憶和紀錄～

記得年紀還小時，都非常羨慕同學說要出去哪裡念書？去哪裡學英文？到世界各地看看，而我一直都沒有這個機會。直到兩年前有個機緣，讓我可以去英國留學，從此很興奮的一直期待著、也籌備著。但那時剛好出現了一部戲劇邀約，劇本我非常喜歡，但卻跟我要去英國讀書的時間撞期，心想老天總是會在某個時間點出個艱難考題，令當時的我非常猶豫，一直在跟自己拉扯……最後我決定放棄期待已久的英國留學行，選擇了戲劇演出，雖然遺憾，但也不後悔，因為這部就是讓大家重新認識我的《稍息立正我愛你》！

對我來說，每個機會、每個選擇都是安排好，讓我學習和成長的～

因此，30 歲又再一次給我機會來到英國，雖然這次沒辦法留下長時間讀書，但也十足經歷非常難忘且珍貴的旅程！原來，到倫敦出一本書的複雜程度，真的超乎我的想像，真心感謝好多貴人的友情幫忙，一起順利開心的完成一個我自己很喜歡的作品。出這本書的過程，著實讓我學習到要更感恩！因為我何德何能讓一個這麼美好又專業的團隊，無私地幫我獨家特訪、隨行拍攝，精心的用文字、照片記錄我的 30 歲～以及我一路在倫敦感受，隨手拍的美麗風景。

當然，我也不會忘記任何曾經幫助過我的你和妳，謝謝每個曾在我生命中出現的人事物，讓我更懂得學會珍惜，謝謝你們一起經歷我的青春，讓我擁有美好的 30 年，10957 個日子！

Birthday
1989.4.14

Constellation
Aries

Blood Type
O

Prin

Height
178cm

Weight
60kg

chiu

Debut in
2006

13th Anniversary

Lucky Number
11

30
Years
Old
in
2019

Overture 自序 _____ 007

Number at Me _____ 008

Prince Start, Place to Start. 三的開始，倫敦時區

PM4:14, Hello！London _____ 017

30 紳士宣言 _____ 021

I'm Jack _____ 045

我是傳奇的青春，是一場偶像練習曲 _____ 054

音樂是我人生的陪伴 _____ 070

演戲是忘記自我的挑戰 _____ 083

家人是我的志願，是奶奶做的那鍋心靈雞湯 _____ 099

孩子氣的老靈魂 _____ 119

耳根子軟的控制狂？ _____ 130

仲夏夜之夢 _____ 160

Fly to Your Heart, Close to Prince.

ONEDAY, Prince Day _____ 170

Messages From Dear Friends _____ 180

13th Anniversary Biography _____ 186

Thanks to My FANS _____ 190

Behind the Scenes _____ 192

Prince Start，Place to Start
三的開始，倫敦時區

啟程

TUBE Line 1 #
Departure

＃ PM4:14 , Hello ！ London

「Ladies and Gentlemen, 各位旅客您好，這是來自機長的廣播，我們預計在 30 分鐘之後降落倫敦 Heathrow Airport，預計抵達的時間為當地下午 4 點 14 分⋯⋯氣溫為攝氏 6 度。請您繫好安全帶、準備降落，非常謝謝您今天的搭乘，祝您有個愉快的一天。」

看的電影正好接上這段廣播，演著、唱著英國傳奇樂團 Queen 的經典世界名曲〈We Are The Champions〉，耳邊伴隨著劇中主唱 Freddie Mercury 愈益高亢的嗓音，窗外天色開始起了變化，在陽光帶路下，穿過漸層的雲霧，泰晤士河微笑般探出曼妙身型，這是我從飛機上俯瞰到倫敦的第一眼，因為感冒而半睡半醒的腦袋，也都立即振奮了起來，開心地一直盯著這幅如壁畫般的城市。一棟棟高樓和老房子相互輝映，勾勒出的天際線上，出現心中盼望過無數遍的倫敦塔橋、大笨鐘、倫敦眼⋯⋯感動到很想定格機窗外的這一幕！比風景還浪漫的情懷訴說，從台灣飛過 9,800 公里，帶著我 14 歲年少的憧憬，終於抵達夢想中的倫敦。展開一場 29 歲後青春的波西米亞狂想曲！

初裏

TUBE Line 2 #
Manners
Maketh Man

30 紳士宣言

「倫敦，對我而言，是那時不時襲上心頭的電影畫面場景。」在邱勝翊生命裡佔有一片絕美的時光剪影。「初次見面，和煦的太陽、藍色的天空、紅色的巴士和電話亭，配在一起剛好是英國國旗的顏色。許多種種，讓我感受到不同的氣息，有著濃濃的紳士質感，而想起了 Kingsman 説的 Manners Maketh Man. 那個樣子，街上每個人都很有故事。」

隨即一掃印象中被灰矇色彩框住的倫敦，在這一個令人五感馥郁的城市裡，「我跟著一起走出框架，為 3 字頭的到來，在英式正統理髮店辦起成人儀式。趁著在 Barber Shop 整理頭髮、打理儀容，也是梳理自己煥然一新地走向人生不同階段，在這所魔術空間裡被充了電的蓄勢待發，意味甚至期許著自己能更加優雅、更有男人味地走向未來每一天的挑戰。」coming of age party 為心裡的渴望設下一個起點，依舊如彼時的溫厚感恩，在 29 歲的畢業旅行裡，輕盈地逐步踏上 30 歲的全新征程。

我從未後悔當藝人，
雖然有很多必須犧牲的事，
個人自由被關注；
但得到更多我從未想到會擁有的事。

34

34

34

海洋之心

TUBE Line 3 #
Love Theme from Titanic

40

40

40

I'm Jack

那一年台中艷陽高照的午後,上了國中的男孩,在放學回家後,打開電視,看著正在重播的電影《鐵達尼號》……片中男主角李奧納多·狄卡皮歐迎風站在郵輪船頭大喊「I'm the King of the world!」到最後女主角凱特·溫斯蕾說「You jump! I jump!」一幕幕的淒美場景,看得涉世未深的男孩蕩氣迴腸,更因此「發現故事裡,鐵達尼號碰撞冰山的時間點,恰巧和我的生日 4 月 14 日同一天!」就有著更莫名的情感。

在邱勝翊兒時的記憶膠囊,對這齣影響人生很深的第一部電影,笑說「那時候還把英文名字取做和片中男主角一樣,叫 Jack。」且不知是否從小反覆看好幾遍《鐵達尼號》耳濡目染下,長大後常聽不少人說他很像那時帥氣的李奧納多。

「因為李奧納多精湛的演技而備感震撼,成為我一直以來最愛的演員和崇拜的偶像,及追求的目標,讓我立志想成為演員。這部經典電影,小時候看,看不懂所以然,只覺得故事很美、主角很帥、場面很大,感覺很神奇。到最近長大後再看一遍時,回味故事的感覺不同了,彷彿見證了一個人的成長,說著富貴階級的價值觀、講著現實利益的人生觀,還有愛與勇氣的世界觀。」當時從英國出發的這座客運輪船,正是啟發邱勝翊想來英國留學的重要原因之一。只是跟著電影裡傑克和蘿絲跳著愛爾蘭舞曲,旋轉再旋轉 10 多年後,在此刻 29 歲的他,於男孩長成男人前,轉了一圈才回到初衷,完成來倫敦的心願。

我其實有某種叛逆……
對於我想要的、
想做的事情比較執著！

52

52

52

青春

TUBE Line 4 #
Brilliant Youth

我是傳奇的青春，是一場偶像練習曲

「Love looks not with the eyes, but with the mind.」那年 17 歲的邱勝翊，說著莎士比亞的詩句，演出高中校園舞台劇《仲夏夜之夢》，在這齣奇幻瘋狂的愛情喜劇裡，扮起王子的角色，卻同時揭開他此生巧合入行、最重要的演藝戲幕。

2006 年，在台中就讀高二的邱勝翊和弟弟邱宇辰（毛弟）在逛街時，「巧遇 CHANNEL V 節目《模范棒棒堂》的徵選會，在一旁觀賞時，被工作人員臨時叫上台表演來試鏡。那時候我們兩個人緊張到一個忘詞、一個破音。」本以為不會有什麼結果的兄弟倆，在機會主動來敲門下，隔一周後被通知錄取了，要到台北來複試。「一開始原以為只是利用暑假兩個月時間北上參加節目錄影就結束，但一直到年底，經過三輪淘汰賽後，我很幸運地被選為第一代棒棒堂男孩，並與敖犬、小杰、小煜、威廉和阿緯組成偶像團體《Lollipop 棒棒堂》，且在伯樂 Andy 哥的建議下，以王子為藝名，正式出道。」

「身為團員中年紀最小的我，在節目上總是不太說話、很安靜！」卻也意外因為王子精緻俊俏的臉龐，帶點憂鬱的貴族氣質，不自覺塑造成高顏值的冷酷形象，廣受粉絲喜歡，擁有「十萬大軍」之美名。但其實「我從小很活潑好動，一直是學校裡帶頭玩的康樂股長。當初一到陌生環境，我什麼都不懂，很怕說錯話，又自覺沒什麼才藝，都是邊學邊做的狀況，努力讓自己進步。且舞藝不精的我，老實說很怕一開口講話，就被 cue 上去跳舞，才這麼沈默的啊！」

54

54

54

個性謹慎的邱勝翊，不做沒把握的事，若是決定要做的事就一定要做好；性格裡不服輸又很執著的極端，讓他躁動的年少滿是得失心。這樣的患得患失，有部分也因為他無心插聊成名後，一邊上學、一邊工作，張張望望地在找青春與成熟的平衡點。好在樂觀開朗的本質，依舊保有始終如一的神級燦笑，「一路以來我總是懷抱著感恩的心，在懵懵懂懂中，不管什麼紅不紅，只是盡力做好，享受我們幾個大男孩在一起玩的感覺。」2007年就共同主演第一部偶像劇《黑糖瑪奇朵》，2008年創紀錄的成為出道1年，即以新人團體第1張專輯在台北小巨蛋舉行

首場演唱會，翌年 2009 在香港紅磡體育館開唱，爾後於 2011 年和小杰、毛弟成立《JPM》組合。「在這時候，我們也比較長大了！這段 3 年的時間，變成 20 幾歲，開始覺得要有自己的想法，慢慢地會去表達意見。從《Lollipop 棒棒堂》開始自己寫詞，到《JPM》自己想企劃；在很多戲劇的片尾曲，就有自己寫詞的歌，自己唱。」

俗話說「欲戴皇冠，必承其重。」命運如此快速地向自己投來一顆顆直球，王子不急不徐穩穩地接下，因為格外珍惜每次機會的他，「在這重要的青春時光，還不懂得表演是什麼？不懂得享受舞台、拼命學習、累積經驗。日子說長不長、說短很短，可貴的是大家一起成長、共同奮鬥、互相陪伴，有歡笑、有淚水，也難免有遺憾。慶幸的是彼此仍然堅守著內心的那片天空，在盡情塗鴉、熱力揮灑時，仍保有赤子之心，洋溢著屬於自己的光芒。」一如他手邊此時拿著喜愛的《小王子》書中所說的「星星發亮是為了讓每一個人有一天都能找到屬於自己的星星。」

王子早已帶著大家直奔月球漫步，一起在他的夢想中灌溉發芽。成為別人心中「我的青春」裡「兒時偶像」最亮的那顆星，繼續將他的溫暖智慧，如地鐵線般交織起天羅地網，感染給這個星球上更多的人。

ESPEAR

我喜歡認識不同領域的人，
從他們身上學到許多不同的優點，
也從他們眼中看到另一個方向的我……

Brilliant Youth

音樂

TUBE Line 5 #
Singing 4 Love

音樂是我人生的陪伴

「差不多 12 歲時,我開始聽周杰倫的歌,而深深著迷至
今,每張專輯的歌幾乎都哼唱如流,根本就是個迷弟。」
也因此「從小就覺得彈鋼琴的男生很帥,於是在國中學
起鋼琴。為找回手感、精進琴藝,這次到訪倫敦這座有
我喜歡的 The Beatles、Coldplay、Radiohead 等搖滾樂團
的音樂聖地,便特地安排鋼琴課,到牛津大學音樂系名
師 Georges Sokol 家學習。」優美的傳統英式居家環境裡,
跟著老師重新品味旋律從指間流瀉的美好,「隨著演奏
的曲調音符,我感受到我是很快樂的,雖然有時沒跟上
老師的節奏手法,但那過程中,聽到自己彈出來的琴音,
滿有成就感。」這種沛然莫之能禦的熱情,隨著他年紀
愈趨成熟,才能用鋼琴充沛的表達情感內涵。「就像我
這次來,淺嚐了一下大人味的紅酒,初聞時是一個味道,
過段時間後,又是另一種口感;但不論是那種等級的酒,
終究是自己在品嚐,箇中滋味也只有自己知道。」

對於從小就喜歡唱歌的邱勝翊,音樂是他的真愛,「從
青澀少年,到如今三十而立,音樂一直是一個陪伴。陪
伴著我,也陪伴著歌迷成長!所以能夠從團體時期就開
始唱歌、寫詞,到現在能發行個人專輯或單曲,這 13
年來,每一首歌曲都記錄了我的年代、記載著我不同階
段的成長和生命歷程。

像是 2007 年〈七彩棒棒堂〉唱著我 18 歲無人能敵的青春、2011 年〈那不是雪中紅〉舞出一曲 20 初頭的爛漫活力，到 2017 年〈上位〉、〈愛上了妳〉是我 28 歲人生個人首張 EP 的歌唱成績單，和今年 2019 年 30 歲〈在你心裡打個卡〉代表著我現在的心境，和想傳達給聽眾的內心世界。」享受著當歌手的邱勝翊，樂於感受舞台下觀眾的立即反應，「唱歌時，我全力表現自己的獨家性，創造自我的特色，讓大家記住我即定形象的 image。」音樂對他來說是永久的存在，簡單的領著他和聽眾美好生活的本質，或是成為抵抗負能量的避風港。

74

74

74

可以的話，
我想要一直唱下去、演下去，
不留遺憾的好好享受生活、
享受演藝工作。

《稍息立正我愛你》對我影響很大，
讓我覺得演戲還是有個傳承的意義和重要性。

80

80

80

演員

TUBE Line 6 #

Drama is Life

演戲是忘記自我的挑戰

若說歌手是邱勝翊的 A side，演員即是他的 B side。與唱歌同樣喜歡的演戲，在他剛出道演的第一部偶像劇《黑糖瑪其朵》到客串《惡作劇2吻》的戲劇初體驗，「對演戲一直都充滿憧憬。」只是「現在回去看以前的表演，覺得怎麼演得這麼爛！這個人到底在幹什麼？雖說那時候年紀還小，才 17 歲，但值得高興的是，也因為有這樣的開始，我才能有機會在摸索中走到現在。因為我了解自己不是那種天才型演員，無法第一次就渾然天成的讓人家覺得演得很厲害。但就慢慢學，多演，去揣摩、去想像、去挖掘內心，漸漸地知道何時該用力、何時該放鬆。」

說著「當演員時，要忘記自己，完全融入角色」的邱勝翊，其實都是由辛苦的練習累積而來，沒有人生下來就是天生好手。演戲是他現在想做好的事，演員是他要的職志。在過去他曾是《愛上巧克力》裡真誠帥氣的特助店員王子翊；《精舞門2》中孝順母親、忠於朋友的編舞天才；《嘻游記》穿著古裝的頑皮白沙堂；《消失打看》戴上假髮化身為憨憨宅男的可樂；《死神少女：過不去的靈魂》雙重飾演資優生與校園黑幫老大；《大紅帽與小野狼：不讓你走ㄅㄧㄢ》舞台劇上的霸道狼；《妻子的謊言》中善解人意的李冬旭；《愛人的謊言》穩重深情的暖男騎士向陽；《雪地娘子軍》奮勇抗戰殺敵的金喜寶，和超齡演出《稍息立正我愛你》冷峻寡言的 18 歲高中學霸顏力正，至物我兩忘的內斂入戲，也是有吃苦頭的在角色裡投入靈魂，一部部開啟演技。

他和他，都曾是同一個人，「在眾多演出的不同角色中，都像是體驗不同的人生，活過不同人的一輩子。角色裡有幾分之幾的我，我也有幾分之幾被角色影響了，全都是更認識自己的啟發。透過演戲，挑戰自己，也探索並審視自己，有一種努力很久後，難以言喻的成就感！」在這條光影之路，他逐漸拓寬角色、戲路，也同時開闊自己的人生。一路追著光的邱勝翊，讓演戲像是作畫，每個演出的角色，都是自己描繪出的鮮明色彩；期望每個都是件藝術品，放在名為演員的博物館殿堂，令人欣賞。在迷網時，很早就被推進舞台的他，一次次在創作繪製的過程中，一直到現在才找到自我認同，懂得肯定自己，意識到「會演戲真的很不簡單，也有很多未知的刺激，正因為這樣愈演愈有興趣、愈演有愈有感觸。如果有一天我做到『不用演』，那我就成功了！表演，帶給我太多東西了。」

如果遇到一個角色很像自己本身，
反而會演不出來，會是我最大的挑戰！

 Drama is Life

Lovely Family

家人是這輩子與我最有關的甜蜜負荷！

家人是我的志願，是奶奶做的那鍋心靈雞湯

從小就超愛車子的邱勝翊，小時候常收到家人送的各種模型小車，在牙牙學語時「3、4歲的我，只要在路上看到車子，就能馬上說出是什麼廠牌。家裡的人開車時，也很愛坐在他們腿上玩方向盤。」小男孩專屬的猜車、玩車、懂車的樂趣，一直到長大更著迷到「只要是可以開車的工作，我都有想過要去作，像是賽車手或常跑外面的業務，就連計程車司機我也有想過呢！」戀車指數已破表的還說「在讀書的時候，不是常要寫『我的志願』嗎？我真的除了小學到國中，因為是田徑隊的關係，有想過要當體育選手外，再來就是想作關於開車的職業。」

與家人十分親密的邱勝翊，在 17 歲踏入演藝圈時，被時間早一步推進了熟成區，務實地將我的志願以家人為主，「我希望家族每個人都能過上好日子。在我年紀還小時，坐在家人車上，常會跟很疼我的奶奶、媽媽、姑姑和嬸嬸說『等我長大了，換我開車載你們出去玩！』」承載著濃濃親情和期望的邱勝翊，幼小就希冀身為長子和長孫的自己，「在將來有能力時照顧全家、回報他們的愛。常會約家人出來吃飯，帶他們吃好吃的，或是看到什麼不錯的東西就買給他們；逢年過節還會和毛弟安排家族旅行，或是找時間帶大家出國玩，就是想讓他們有好的享受，看到家人開心，我就覺得快樂滿足。」

尤其跟奶奶感情特別深厚的兩兄弟，從小在奶奶含辛茹苦帶大下，「感受她給我們很多愛，常為我們著想的奶奶，對我們影響很大。因為她的樂觀、良善，教會我們很多事。」不過自小聰明好學，一直以來成績都很優異的邱勝翊，在剛要出道時，家人和老師其實都不贊同，只有奶奶始終默默支持他。「每次見到街坊鄰居來和她說，在電視看到我們，她都會很開心的說『那是我孫子：王子、毛弟～帥哥ㄋㄟ』聽我們的歌、看我們演的戲、收集我們的報導，關心我們有沒有吃飯……。」不管走多遠，胃還是記得兒時的味道，「時常說我太瘦的奶奶，知道我最愛喝她煮的雞湯，就曾驚喜的帶著她特熬的雞湯，從台中北上到節目現場給我。還有一次帶雞湯到我生日會活動現場，讓我感動又心疼到掉淚。」

直至前幾年奶奶因跌倒，身體狀況不佳，孝順的邱勝翊不斷四處尋醫；並連續 1 個月，和毛弟每天早上 6、7 點就到廟裡燒香添燈祈福；1 天 1 萬的每個月花 30 萬元請氣功老師幫她治療，「只要是有幫助的，我都給奶奶用最好的，盼她能快點好起來。」但看著臥病在床的她，不停受苦又撐著的堅強，還是有種無能為力的難過，「後來奶奶開始失智，偶爾才會記得我們。家人就在她的房間放我們唱的歌、播我們的影片，在牆上貼滿我們的照片，奶奶都會指著照片看，還會把我給她的簽名照拿起來親。」用愛陪伴那個永遠可愛的奶奶走最後一程，讓她依舊耀眼地活在自己最幸福的時光。在忙碌的工作之餘就回台中看她，「好幾個月我和毛弟都輪流去醫院陪怕生的奶奶睡覺。真的只要能讓奶奶過得快樂、全家都享福，那我再怎麼辛苦也沒什麼，一切都值得！」

「在奶奶離開的這兩年，我還是常會在腦海裡，想著一遍又一遍愛講笑話的奶奶」，那些永遠不會再來的美好時刻。

聽邱勝翊説的這幾年對家人的付出，有著被時間濃縮出的豁達，其實是經過苦的推擠，非想像中含著金湯匙出生、住在城堡裡的貴族王子。直言好面子的他，從未提及自己才剛出道沒多久，在花樣年華的 18 歲起，就必需扛家計，一直肩負養家重擔至今，為提供家人生活費、奶奶醫藥費、經濟的支援，「總是督促我自己不能垮。以前團體時期，常想説我下個月有沒有工作？下個月有沒有作品？下個月有沒有收入？很多時候壓力都很大，完全沒有一絲懈怠，就多接戲來拍，也當作是種磨練。並將自己對服裝的興趣、愛打扮的風格，轉作經營自創品牌 P. STAR，來增加額外收入，和多一份生存的能力。」從無怨言，也不説苦的他，認為家人是他最珍貴的禮物，「永遠是我的牽掛，只是盡心盡力作好自己的本分，想成為家人的支柱。」複雜情緒裡，是好的那一面讓他忍不住激動，「雖然有點辛苦，但這就是我的責任、我的幸福使命，是很心滿意足的！」

這樣的邱勝翊，讓人想起一部他愛看的英國浪漫愛情電影《真愛每一天》（About Time）男主角説的 We're all traveling through time together, every day of our lives. All we can do is do our best to relish this remarkable ride.（我們生活的每一天，其實都是穿梭在時空當中。我們能做的就是盡其所能的，珍惜這趟美妙的人生旅程。）

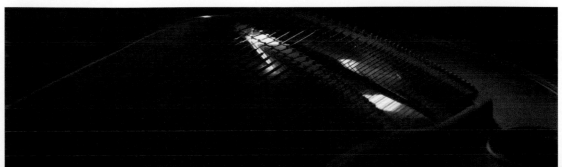

想起我小時候上課時，
都會跟女生傳小紙條，
丟來丟去的青檸檬日記。
難怪我這麼愛看浪漫愛情片，
不敢看恐怖片。

Lovely Family

大男人

TUBE Line 8 #
**A Head
Full of Dreams**

GENTLEMEN

我會用心去準備一件事，
這就是我的小浪漫。

孩子氣的老靈魂

在這個流量造星的時代，真誠有禮的邱勝翊，謙謙如玉的在分寸內，控制自己的工作和生活，「我的偶包是不想輕易辜負家人和粉絲的期望，專注自己的腳步，知曉自由的界限在哪，不做越矩的事。」歷世事而存天真的在這圈子裡，不世故地成為有影響力的榜樣，本就是公眾人物的職業道德。而在這標籤的背後，青春正當時的「王子」這個名號跟著他十幾年，「我不會刻意抹掉這標籤，因為這代表某一部分的我。標籤有時是善意的積極向上，表示大家對我有良好的形象，記住我某個角色。不好的是有既定印象，但這就是驅動我要去突破的力量……證明自己不只是王子、不只是偶像；證明自己的實力，實踐自己的能力。」身處偶像的光環裡、明星稱謂的壓力下，邱勝翊既不排拆，也不炫耀。

他的王子氣質早就不僅僅是個少男情懷總是詩的優雅篇章，擁有標準牡羊座的熱情，問心無愧地想呈現最真實的自己，不似外表那麼愛耍帥，「我的想法觀念很傳統，覺得盡孝道是應該的。而我是家中長子，又是家族長孫，所以習慣性當老大，成為大家的依靠，會把責任攬上身，有時是滿『大男人』的，希望什麼事情都能跟我說、盡量和我討論。」追求感情簡單的他，也是討喜的開心果，總可以很幽默的化解生活中的煩惱和矛盾。稱讚他「你很幽默！」內心就會樂的手舞足蹈，這款先天自帶的溫暖和傻氣，一如既往在其嚴謹態度中，用直爽的性格去關心周圍的人。

說起「我很念舊又重情份，至今仍會跟國小、國中到高中的同學和老師聯絡。……很愛那種有年代的復古車」，走進以往只會在電影場景裡出現的歐洲建築和倫敦市集裡，就勾起他深藏心中的老靈魂……拿起老相機把玩，探尋雋永古董手錶商品的好奇眼神、迷戀老車站裡的復古大鐘，愛玩愛鬧的喜歡說一些搞笑的梗，來逗身邊的人開心。如此私下時而呆萌調皮，從不直述憂傷，不想讓人擔心，有事往心裡藏、自行消化的他「一直以來沒什麼低潮，沒什麼好抱怨的事，自己一直都有工作，是很幸運的，就該好好抓住這份幸運，感恩種種的比較多。」

「也曾有停滯期較久、收入不穩定的狀況，但那時反而靜下心來想想自己那裡不夠好？為什麼會面臨這樣的處境？就會去看更多的書，了解更多的事情；並去觀察別人為什麼那麼受歡迎，來激勵自己更加倍努力。」總希望「有我在的氣氛是歡樂的、和諧的」，大笑起來的孩子氣，像晨曦一樣燦亮，很少人不被他的笑容融化，有著一票好人緣的認證標章，卻自虧說：「我私底下蠻無聊的，對吃沒什麼慾望，有喜歡的牛排就好，吃什麼都好解決，不要求品嚐什麼美食。沒工作時就喜歡待在家，看電視（而且只看電影和體育頻道）、玩手機或桌遊，是個很宅的人。很多朋友都說我很養生，毛弟還說我是生活白痴，不菸不酒的不過夜生活，沒事時晚上 11、12 點就睡了，而且還是秒睡的睡很好那種。」

不識愁滋味的他，「前陣子上表演課時，老師請我說說自己和新的戲劇角色，最大不一樣的地方在哪？我一說最不同的是『男主角很不修邊幅，而我太修邊幅了』，全場大笑。」因為「我自己的生活沒有戲劇故事那麼精彩，才會想做演員一直拍下去，感受不同人生」的邱勝翊，希望藉由角色來豐富自己，將現實世界裡無法越線的情慾和規矩，都在表演中被允許，「所以對於各種不同類型的路線，只要劇本好，我都很樂意嘗試！」

120

120

120

A Head Full of Dreams

相信愛

TUBE Line 9 #
**Fly to
Your Heart**

耳根子軟的控制狂？

「我以前不知道我自己是什麼？不知道自己的路線？這幾年才默默找到我自己！」關於邱勝翊「一個愛唱歌、愛演戲的男人」的刻鏤，是歷時 13 年的 6 張專輯、17 部電視劇、11 部電影和 1 齣舞台劇，才稍微形塑有型的顯得立體。

「20 歲之前，是被動的選擇，不太會表達，不確定自己的喜歡，或是不知該如何去說服別人，也不太和別人聊天，擔心冷場和尷尬，大多按照別人安排好的路去走，直到前幾年才開始去思考『我想要什麼』。」「回想起 Lollipop 棒棒堂出第一張 EP《七彩棒棒堂》時，曾有個工作人員給我的評語是『謙虛有禮，骨子裡面是很有主見的男孩！』」那時被嚇到的王子說「原來我以前就滿有想法的，只是不敢表達。」多次調侃自己已是出道一輪生肖的老藝人，如今站在而立之年的門檻，「不怕了！比較能面對媒體，或把自己的想法講出來。在這過程中，其實我滿感謝老天爺的，它先讓我從 6 個人到 3 個人，再到 1 個人，我才能慢慢的學習。如果一開始就自己出來獨當一面，我可能會承受不了。」很多過往的經驗，一點一點拼湊出邱勝翊年輕懂事起來的痕跡。

130

130

130

其實一直都有主見的邱勝翊，很愛了解各種事物，天生又有領袖型特質的群聚魅力，感覺起來是很能掌握大局的強迫性格作祟，但其中多少有點是過於在意身旁親友、在意自己作品的關係，完美主義的本能，不知不覺就變成了控制狂？「因為我很喜歡大家凝聚在一起的感覺、喜歡大家很快樂的氛圍。只要跟人相處，我忍不住會開啟雷達，關注別人有沒有開心，很想全程參與有關自己的任何事，不小心就 follow 過多，變成主導權在我手上的控制狂；但又很在意每個人的意見，然後耳根子就會軟化………很矛盾的自己。」

唯有中道之人才能從善如流，「感覺像是開始理解我自己的一門課題，每一天都是一種人生的修行。」說不準那個時間點是分水嶺，既是歌手也是演員的邱勝翊，未來有無數種可能，嚴謹如他只為了校正出更超乎期望的角色。像是上了快車道的演藝之路，在初期不知如何操控下，逐漸學會在高速前進的道路上，自己握好方向盤，往目標前進，有自由掌控力的「主動」成為別人的選項。

我是個愛吃醋的大男人！
喜歡孝順、有智慧又有個性主見的女生，
能了解對我而言很重要的工作，
並和我能討論事業、相輔相成，
彼此一起進步。

Fly to Your Heart

140

140

140

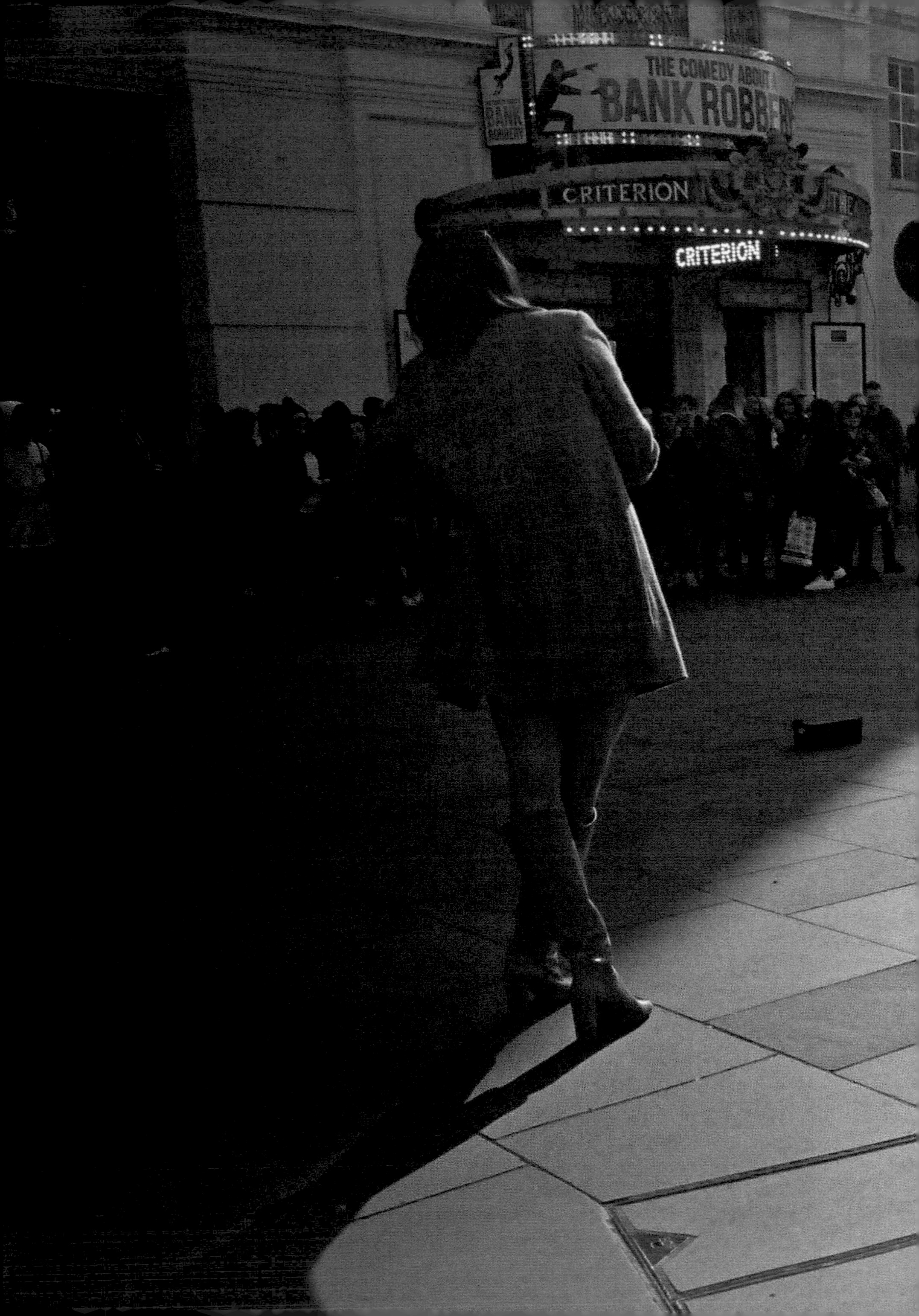
THE COMEDY ABOUT
BANK ROBBERY
CRITERION
CRITERION

夜曲

TUBE Line 10 #

A Midsummer Night's Dream

曾抽了一張塔羅牌，算了前世，
說我是在修道院長大的，很喜歡群體生活；
這就是我為什麼很愛團體一群人在一起！

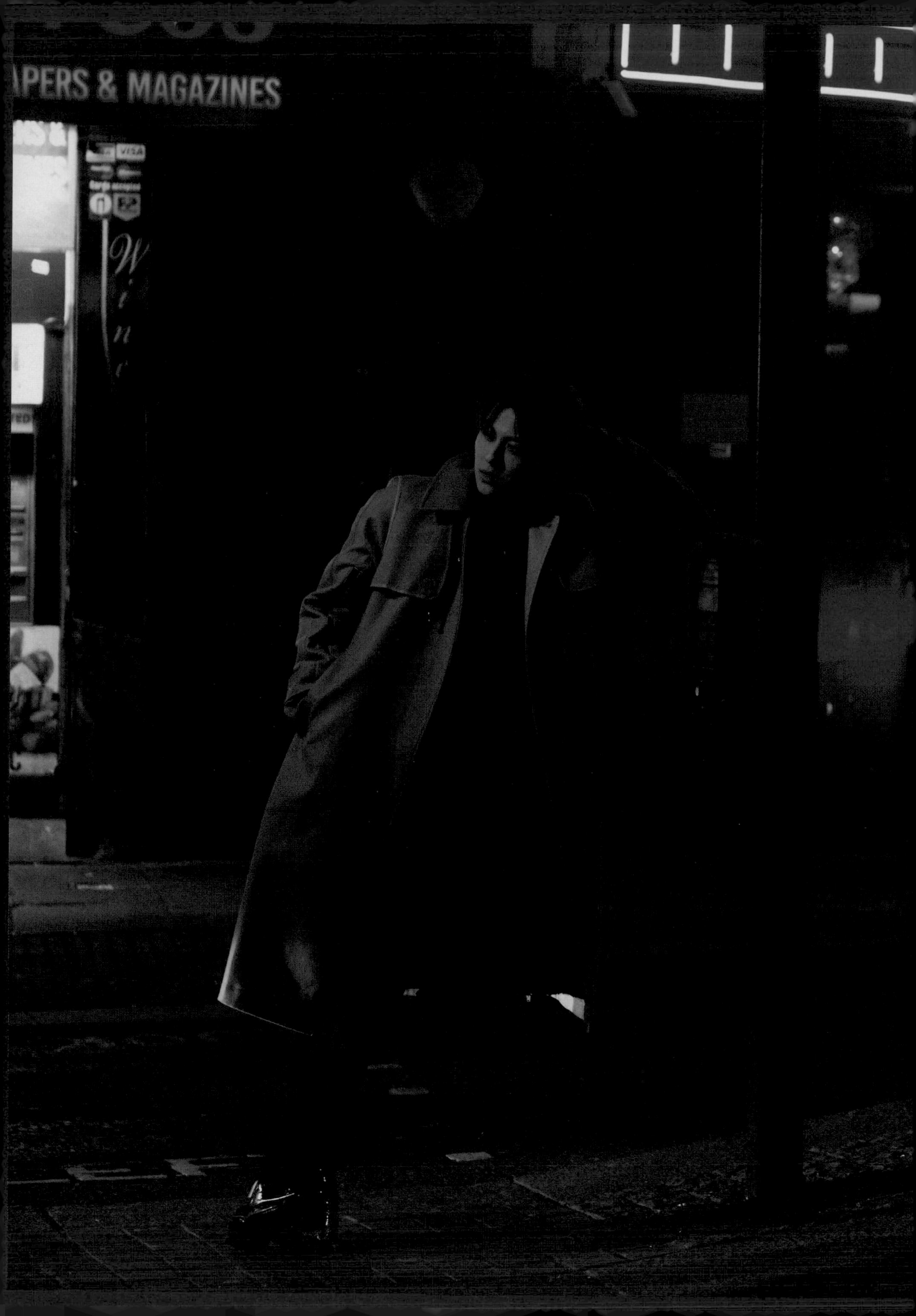
APERS & MAGAZINES
VISA

FREE ENTRY

仲夏夜之夢

邱勝翊在承載夢想的歲月船上，緩緩駛進人生的歷程中，醞釀一種生命力。或許是他曾為田徑選手和啦啦隊員，又曾練過跆拳道的運動員影響，不隨便喊累，只管專注在鳴槍起跑後，全力以赴地奔向終點，以運動家精神為拍戲帶來意志力與耐力。

在這漫長的演藝競賽裡，邱勝翊為 13 年資歷的自己只打了 70 分的成績，「我的不足是因為我身為藝人的天份沒那麼好。例如，我和弟弟邱宇辰比起來，同樣上一堂跳舞課，他可能半節課就學會了，我則要花 4、5 節課才會；又或者我們一起上表演課，他可以很快地就上手，讓老師稱讚，但我需要花一段時間領悟。不管是唱歌或演戲，我都要從實戰中慢慢去學習，認真吸收經驗，做更多的準備、做再多的練習，才會是大家在螢光幕前看到的我的完美表現，很多都是靠自己後天的努力。」謙稱天份在運動上，「不論是籃球、撞球、乒乓球或保齡球，不用怎麼學，我就能打得有聲有色」，是腦袋型演員的邱勝翊，記東西很行、腦筋動得快，對角色再創力很強。

雖說現階段自認「還未達到我心裡預期的成就，還有太多需要我去磨練和成長的地方。現在所有的歷練都是我的養分，一步一步紮實地帶著我往前、往上，把自己的想法內化，補上不足的，未來，希望能有個很好的代表作。」期許成為好演員的邱勝翊，覺得自己「演藝生涯的最終目標不是有多紅，而是我的人品人緣，可以讓人尊敬、敬佩，這種對我來說比較重要。」

學會享受這 13 年來，一路上所有過程，對於酸甜甘苦皆有的任何一個工作，都做得非常開心。「工作狂的我，很樂在其中，想到出國可以工作又可以玩的心念一轉，不是很棒嗎？」「如果我不是藝人的話，或許沒有什麼機緣去世界各國，或是實現夢想來倫敦。」有什麼機會都把握住、趁年輕能做的都願意去試試。「我常會回頭看自己以前的影片、照片或文字，做過什麼事的一部部、一個個的回味審視，在我青春的記憶當中，全都留下一些印記，我覺得滿好的！」

時間在邱勝翊身上，施了魔法，跳上了飛船，給了夢想，奔向世界的勇氣。以現實中王子的身分邁步前進到人稱魔法夢工廠的倫敦，在繁忙中遇見美妙的夢境，有屬於他幻想中加上濾鏡的暗夜微光，「走在行人隧道裡、穿過霓虹燈閃爍的夜，從城市的現實裡抽離，靜靜地觀看來來往往的人、靜靜地體驗每一天的溫度……」即使與倫敦塔橋上的觀光客擦身而過，也顯少人認出他的那種匿名感，為平日生活緊蹦的他「帶來一種難得的解放。」持續在此創作的反饋自己，克服懼高症的坐上倫敦眼，「一格一格慢慢往上轉的摩天輪、一格一格移動的高空視野，讓我再次看到更寬闊的遠方。」晚霞燒紅了半邊天，粉紅的暮靄映照出金色光芒，雀躍躍的溫暖籠罩著他，真實又賣力的轉身，「看懂很多美好事物」的在這年紀歷練裡飽滿落地，在奏上夜曲的晚風裡被擁抱，在想像裡迴圈，心神自由的移步、許諾、揮舞……追尋下一場夢境，有姿態地往下一步迸發精彩。

是時候，在 30 歲，重新定義王子「邱勝翊」。

………故事收束於此，也由此開始。

to be Continued ……

我想和過去 29 年的自己說聲「謝謝！」
不管遇到每個人事物都是一種體悟、一個學習，都讓我珍惜、成長。
現在回過頭看，不管好的、壞的，過去的自己都造就了現在的我，結成美好的果實！
謝謝你～邱勝翊。

ONEDAY, Prince Day
倫 敦 日 記

應用外語系畢業的我，用最後的青春抒寫成長夢想清單，實現英國遊學的願望，當作是送給自己 30 歲的生日禮物。小小的化身為福爾摩斯，在這個喜愛的城市遊覽探索，當一回英國人，體悟倫敦的日常，遇見我的小王子，Let's Chill！

剛好來的時候感冒了，整個人失聲，雖然身體不太舒服，但看到很復古又新潮的倫敦街景，意志力振奮起精神，安靜的體驗每一個角度的獨特氣息。不然以我這麼活潑的人，一定 high 到不停講話而錯過美景。我在接近黃昏時坐上 London Eye，看到日夜不同的市景，美到無法言喻；加上這是拍攝工作倒數尾聲的時候，所以感觸良多。此外還遇到有一百多年歷史的大笨鐘 Big Ben 在整修，圍起來整裝的只露出指針鐘面，滿特別的經驗，是和別人很不一樣的難得時刻！

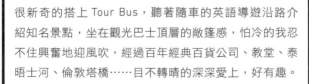

很新奇的搭上 Tour Bus，聽著隨車的英語導遊沿路介
紹知名景點，坐在觀光巴士頂層的敞篷感，怕冷的我忍
不住興奮地迎風吹，經過百年經典百貨公司、教堂、泰
晤士河、倫敦塔橋……目不轉睛的深深愛上，好有趣。

以往只能在電影裡看到的場景－倫敦塔橋，親眼出現在自己眼前，有一種很熟悉的感動，登上塔橋眺望泰晤士河風景，有著久違的愜意。而來到英國，除了必吃的炸魚、薯條，英式下午茶的夢幻系，光是看到倫敦人常常坐在路邊喝個咖啡，就很有 fu 的吸引我也少女心一下，何況開咖啡廳，也是我的夢想之一！

倫敦的觀光景點我都很喜歡,第一次來一定要來走走,是我很重要的一個記憶點,像是逛攝政街、牛津街,和潮牌街 Carnaby Street、皮卡迪利圓環……了解當地的文化和流行。很喜歡路上的建築,及有些車站內掛著大大的老鐘,很歐式古意的老派優雅,路上的人也都有型有款,有自我特色。

Chocola BB
a Good Partner for Journey

出國旅行輕便帶上 Chocola BB，全天候放送健康的活力肌，是養顏肌密最佳御守。主要成分為高單位活性型維生素 B2 的 Chocola BB Plus，為 B 群複合配方，還添加有維生素 B1、維生素 B6、菸鹼素和泛酸，有助維持正常代謝和皮膚健康，擁有滿滿正能量氣色。Chocola BB Collagen 有來自魚的膠原蛋白、維生素 C、維生素 B1、維生素 B2、維生素 B6、菸鹼素和泛酸等 7 種美麗成分，一次補充多種營養，得以從體內有效率的調整保養，養顏美容。

東倫敦的潮流年輕化，街頭到處都是塗鴉，很視覺衝擊的次文化藝術，感覺十足有趣。和夜晚市區的霓虹燈通道，都沒有那麼像我會去的地方，外在很反差，不過私下個性歡樂的我，在這能有一點點心靈自由的解放。期待下次來可以開著復古車，去訂製金牌特務的西裝，還有看最愛的歌手 Michael Jackson 音樂舞台劇或悲慘世界、哈利波特……好，我許個 30 歲生日願望！之後一定要再回來倫敦，把這次的遺憾補上。

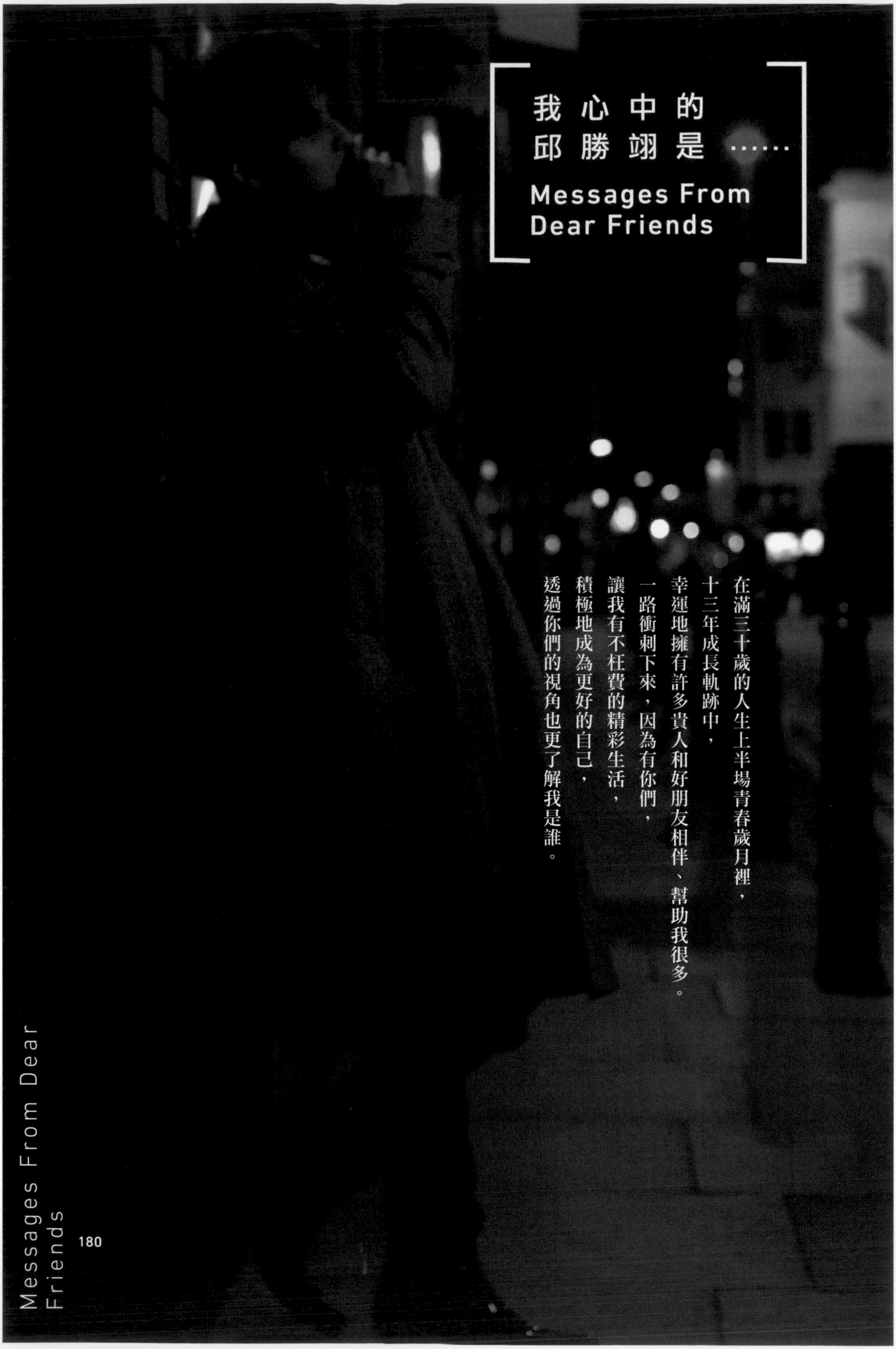

我心中的邱勝翊是……

Messages From Dear Friends

在滿三十歲的人生上半場青春歲月裡，
十三年成長軌跡中，
幸運地擁有許多貴人和好朋友相伴、幫助我很多。
一路衝刺下來，因為有你們，
讓我有不枉費的精彩生活，
積極地成為更好的自己，
透過你們的視角也更了解我是誰。

張世明

ANDY 哥

王子有種天然吸引人的魅力，
這也算是他與眾不同的才能！

說起做《模范棒棒堂》，是一個明星養成班。用我們的直覺去看每個人未來的潛質、特色，如何在節目中發揮，同時在當中學習。那時第一眼看到邱勝翊，覺得他有某部分潛力可當明星，是未待琢磨的璞玉，得經過時間培訓。（後來知道他在高中是校草，又真的是很會唸書的資優生，很聰明！雖然第一次看到他，覺得他非常乾扁，很 Local 的一個 17 歲男孩！）其實他有一種天然吸引人的魅力，這也算是他與眾不同的才能吧！（哈哈～）

很多人說我們是開創亞洲第一個男團的節目，因此包含我在內，都是在碰撞中一起學習、一起成長。那時節目是淘汰賽，著重於怎麼把才藝和表演做好、說話怎樣得體。但一直以來我較在意的是這些孩子從節目裡回到家庭、回到學校，他面對自己的生活時是什麼樣的？所以我都一直不斷提醒他們「你得要學習、得要孝順父母、得要莫忘初衷。」是當初教育這些孩子不忘初心的事。而王子滿懂事的，他知道在什麼時候該扮演什麼角色。包含王子這兩個字都是我取名（本來叫 Prince），不只符合節目族群、少掉距離感，也希望他名符其實朝王子的目標邁進，而他自己有很努力朝這個方向達標。

或許還沒達到心中那個百分百王子，但他的努力有目共睹

這一路上，真的從一開始什麼都不會，卻一夕間擁有十萬大軍的 17 歲青澀男孩，到成為亞洲第一男團的《棒棒堂》王子，又歷經身經百戰的《JPM》，到對愛情勇往直前的「顏力正」，這個從台中上來追夢的男孩叫「邱勝翊」他的成長過程我想應該沒有人比我更了解。雖然那 3 年的努力很可惜，不過到今天我們還是很珍惜，這些經歷都是我們人生最重要的經驗和回憶，要真說特別的，大概就是孩子們之間的默契和爭執吧！不過沒有這樣的過程也不會有像山都擋不了的感情！

或許現在還沒達到他和我心中那個百分百的王子，但他的努力有目共睹，只是沒想到突然 30 歲了，當初他還是棒棒堂裡最小的，時間真的過很快。覺得他有盡心盡力做到預期目標該做的樣子，是個正能量的公眾人物，很清楚明白要給觀眾或粉絲什麼榜樣，像是做了很多有愛心的事、孝順父母，還有奶奶的事⋯⋯這都是很好的示範。

不過 30 歲了，很ㄍㄧㄥ的個性要放下，但有某部分受我以前的影響，所以他曾在節目上說過，他有些地方很像 Andy 哥上身，這可能是我常對他的要求，他就會覺得做什麼事都不能丟人，不能沒面子⋯⋯對很多事情要求很多，追求完美。偶包的部分當然就重，這是需要時間去調整，因為每個年齡都有不同想法，所以 30 歲某個層面一定會有所改變。

王子的貼心和莫忘初衷，
都是我覺得最開心的事

我也都有看他的戲劇表演，覺得演技有進步，感覺得到他詮釋角色時，有放下自己。以前拍戲時，他可能比較在乎帥不帥，在意鏡頭的頭髮和服裝，但我在《稍息立正我愛你》有看到一些接近他個性外，是在面對劇中角色，要傳達給觀眾的感受，是有轉變的。其實很鼓勵他們到某一階段時，在專業建議下，也能學習自己去獨當一面。像是音樂部分，他個人首張 EP《ATTENTION!》有些是他獨立完成，在造型、選歌上很要求，但往後更放一些，就能更廣的讓原本那票粉絲以外的人來認識他，很期待他的未來～

王子也常跟我分享工作、作品的事，聽聽我的想法，讓我告訴他一些意見，我常會訊息他如何比較好，算是他身邊會誠實說出他不好之處的人。所以大家都覺得我很兇，是因為我對藝人都滿嚴格的，因為不光是工作，也像家人一樣。甚至他們每個工作都戰戰兢兢的，每次都要當作是最後一次表演，總不能讓粉絲的反應只有一個「你好帥！」這就沒有意義，不會進步。但王子很上進，也很貼心，每次表演完下台後一定會問我：「Andy 哥，如何？還行嗎？」我想這是一種彼此的默契和安心。每次在生日的凌晨 12 點，他也是第一個給我溫暖祝福的人，他的貼心和莫忘初衷，都是我覺得

最開心的事！這也是我很欣賞他的地方，還有善良和孝順。這幾年，他長大、成長了，更多不同的改變讓他更像個成熟的男人。

我去外面的世界闖一闖，
有一天成功了，會回來報答你的！

現在大家彼此都為了工作在努力，偶爾相約吃飯談心很放鬆，很多懷念，他也會突然晚上到我公司突擊我，約我去看電影。有人問我未來有沒有希望以怎樣的形式再和王子合作？「但這個就要問他了（哈哈！）」其實我們雖然沒有提，但心裡都彷彿有個默契！記得邱勝翊在跟了我 10 年後，好聚好散要離開時，曾跟我說：「我去外面的世界闖一闖，有一天成功了，會回來報答你的！」當然過程中他也跌倒過，也有很多辛苦，但真的很努力，又體貼又念舊。或許我這樣說，人家覺得我偏心，可能有個重要的關鍵是他很了解我，我也很了解他，這就是人跟人之間互動的難能可貴。

到今天我們都還會開玩笑說以前的事……曾經的衝突、曾經彼此的意見不合，現在都變成聊天的話題，談笑風生的虧來虧去，這就是人的緣份，是伙伴、也是朋友和家人的關係。從他 17 歲認識到現在滿 30 歲了，在這十幾年當中，真的問我，誰讓我有這種思念、懷念？有一種捨不得或心疼？其實「邱勝翊」在我心中有一個這樣的位置！

我覺得人生就是這樣，老天爺把門打開了、給了運氣，那怎麼珍惜跟把握，就看自己；而邱勝翊也是這樣，他經歷 13 年過程，從棒棒堂最輝煌時期到 JPM，到一個人單打獨鬥，這是成長跟歷煉，絕不是三言兩語可以講，我想他心裡的感受會更深刻，很高興他還記得我。不過我比較在乎他自己內心想要做什麼？而且長大了，他可以獨立去思考想傳達的東西是什麼？

最後，想和你說：生日快樂！

永遠記得莫忘初衷，我想我們彼此之間的感情誰也打不破，「我怎麼可能與你無關。」

如此講義氣，又性格浪漫，
是一個心地很好的好人。
我私底下都稱呼他「梗王」。

2013年我們第一次合作舞台劇《大紅帽與小野狼》時，對王子沒有太多瞭解（他對我應該也是，後來才知道他還先Google我……噴噴！），只知道他來自棒棒堂，後來是男子團體JPM（當下完全無法想像我在戲劇中要和這個人談感情！XD）。而我們彼此都很慢熱，相敬如冰，就算一起跑了一些通告、錄了對唱歌曲，連劇中我們有許多獨磨的戲份，還是和對方真的很不熟。直到舞台劇再不到兩週就要演出了，才彼此卸下心防（XD），完全就是演出前一個多禮拜才熟起來。後來一起面對新戲進劇場的種種壓力挑戰，也培養出一種奇特的革命感情。我想那是王子第一次的舞台劇經驗，應該也是他生涯中很深刻的體驗。（至今還是覺得導演很有創意怎麼會想到把我們兩個人擺在一起！？哈！）之後我們有個默契約定，未來只要彼此邀約，我就會為他寫歌製作歌曲，而他會為我拍攝MV。在這些年，我們也真的實現約定。我邀請他拍攝〈催眠〉MV那一天，他還突破萬難從海外工作中，專程飛回來，非常感動！如此講義氣，又性格浪漫，是一個心地很好的好人。（很少稱讚他，他應該很得意！）

**王子很在乎朋友，希望以開心
笑鬧的角色來陪伴友人，
有使命般逗笑身邊的人**

我私底下都稱呼他「梗王」，因為他無時無刻都在想梗，很care朋友覺得他好不好笑！但那是因為他很在乎朋友，希望以開心笑鬧的角色來陪伴友人。他心裡有事的時候會安靜許多，但還是有使命希望逗笑身邊的人。從他20出頭認識到30歲，雖然還是有大男孩稚氣愛鬧的天生性格，但也成穩許多。光是去年跨年，他選擇安安靜靜人少少的倒數，比起一向喜歡熱鬧和一大群朋友相聚的他，就很不一樣了！哈！

我們幾個月才會實體本人見一次面，有一陣子很常相約去看戲（舞台劇），但後來王子說那是他人生看最多戲的時候，應該把半輩子的份看完了。我們和劇團朋友的約會大多都是居家聚會，覺得自在又簡單。其實什麼都能聊，從工作事業到家庭感情。我和王子的相處就是既誠實又互相嬉鬧。平常他很少講什麼正經事，群組訊息也都是笑鬧來笑鬧去！他這人最難防的就是，冷不防地就會把私下聚會的影片或訊息截圖PO上網！常常覺得好氣又好笑！不過都是無傷大雅的事，但我本身比較沒那麼高調，所以都會特別提醒他「這個不要PO喔！」（但他現在都用直播，常也來不及…哈！）有時候還會被他的惡作劇搞到真心有點小怒，因為我真的很怕鬼。但下一秒又覺得好啦～你這次還蠻有創意的，至少是量身定做的惡作劇…（苦笑！）不過，一旦面對正經話題，他又會成為一個很誠懇溫暖，很值得信賴的人。希望未來無論是音樂還是影像，都有無限可能的合作機會。

現在才想說，天啊！你終於30歲了！

30歲的人生很不錯吧！看世界的角度更寬廣了，對生命的詮釋也不同了！祝願你繼續由內向外散發的帥，站在事業頂端時，愛的人都在身邊，一直健康快樂。

不要控制，人生會很不一樣！
放手去冒險，不要怕失敗、
不要怕做錯，享受不要控制的美好！

以前我們還小時，各自在不同的偶像團體，只知道彼此並不熟。直到 2012 年第一次合拍電視劇《愛上巧克力》才認識，那時對他的第一印象，就是超～級～《一ㄥ！記得最深的就是拍片尾，拍到最後導演說「可以拿奶油互砸！」這時大家都玩得很 high！就只有他在一旁跟昆凌說「不要砸到他的頭髮，會不好處理！」那時心裡覺得他也太愛漂亮了，不過是乖乖的、滿有禮貌的男生。後來有次劇組南下宣傳，我們在高鐵上坐一起，就開始聊天，「沒想到他還滿好聊的，而且是有趣的人，就聊到欲罷不能！」從此變熟。

到了《稍息立正我愛你》再度共同演戲，發現他長大很多！對於演員角色的功課準備很足，很用功、很認真，感覺得出來他前幾年一定有吃過不少苦，知道他受過不少磨練，也體會到很多對演戲的不同想法，總是專注在戲劇角色上。有一方面，我們會那麼懂彼此，是因為都年紀很小就出道，許多心路歷程很有共鳴，會有心疼的地方或不捨之處。我們是很相知相惜的「紅粉知己」

（笑～）完全不像哥們（有時我還會母性大噴發的 take care 他很多事），會談心，也會一直挫他的銳氣，就會互鬧。

很搞笑、很可愛，擁有溫暖的個性，又有運氣又討喜，但也是個吃醋狂

他私底下很搞笑，很可愛的，太有人緣了，不論男人緣、女人緣都很好，擁有能當很好朋友的那種溫暖個性，人又帥。當藝人能這樣又有運氣又討喜，很不容易！但他也是愛吃朋友醋的吃醋狂，會期待朋友做一些事情。像我之前出書，他就一直逼我寫很多字給他在我的書上送他，哈哈哈～很煩耶！他就很好笑，很 care 朋友，所以有時會有點玻璃心。例如之前《稍息立正我愛你》每集播出，他就希望大家可以每一集都一起觀看播出。很愛有凝聚力的他，明明知道我天蠍座很珍惜一個人的獨處時光，但每一集都會叮嚀我「喬喬來，大家才都會來喔！」連他在海外工作，也要遠端遙控我們，真的很控制狂耶！（但有時也是沈不住氣的笨蛋，耳根子很軟……）

不過邱勝翊是真心關心朋友的，常常朋友有事，他都第一時間就傳訊息來問候；各種重大的事，他都一定會出現，看有什麼需要幫忙。只是也很大男人，可能是家族裡的大哥，就習慣大家都聽他的、很擁護他，什麼事都一肩扛起、給人依靠。比如去年我們去巴黎時裝週，他知道我感冒很不舒服，一直要給我他的備用藥，就滿窩心感動的。他很疼我、我也很疼他，我們擁有很珍貴的友誼。只是我沒他那麼貼心，他有時也滿雞婆的（哈哈哈！）常叫我不要逞強，在工作上也會直接告訴我有那些不好的。他就是個一體兩面的人，不過這幾年他最大的改變是有勇氣詢問別人的意見，可以聽進其他人的建議。

我想他也在找平衡點，在人生沒遇過什麼大挫折點下摸索自己，想開出一朵新的花。其實他明明就很逗、很調皮，相信只要突破心境上太謹慎太《一ㄥ的這個點，找他的戲應該會有不一樣的表現，希望他在鏡頭前能更真、更鬆，找到他很舒服自在的定義。王大哥，請自己加油，好嗎？不要控制，你的人生會很不一樣！放手去冒險，不要怕失敗、不要怕做錯，享受不要控制的美好！

期待看到你真正 30 歲的蛻變，相信會是很棒的轉捩點。

鍾欣凌

王子的樂觀、開朗、正面
跟積極，讓我覺得很完美。
看到他奮力讓自己更好，
覺得他的力量好大喔！

在拍攝《愛上巧克力》時認識了王子，雖然他真的很帥，不過那時不熟，想說怎麼有人敢把自己叫王子，是怎樣？哈哈哈！可是看到本人時，想說也太漂亮了吧！是那種從漫畫裡走出來的男生，而且那部戲剛開始曾之喬是女扮男裝，所以當王子和喬喬、吳建豪、仕凌站在一起，他就是個比女主角還漂亮的男生。那時候棒棒堂男孩的他，應該只知道黑澀會美眉，不曉得我們這種老社會姐姐，對他的印象就是笑容可掬、非常有禮貌、很合群的小孩，包括工作或私下相處都是。我記得那時會一群人拍照，整個戲裡又很多人，王子總會讓出位子給我，讓我卡到中間，就覺得也太體貼了吧！明明年紀很小，但家教非常好，是個很溫暖的人。

在他的世界裡，沒看過消極或悲觀，是很正面樂觀，非常非常孝順。我知道他奶奶生病，他也非常忙，但不論如何都會想盡辦法抽空去看奶奶，會貼著奶奶的臉拍照的那種小孩，會跟奶奶說：「妳再加油喔！我有空就會趕快回來看妳。」和家的連結好深！那時我記得他開著一台車，我一看就「哇！開這麼好的車。」他笑笑回說「沒有沒有，那是買給爸媽的車。是他們現在沒用，才變成我在開。」和家庭非常密合，好可愛！自己租房子住，在生活和工作上，都好努力！跟弟弟感情也很好，很多事就是家人擺第一，很替家人著想、愛家人的。

王子非常注意小細節，又有想法，這也是為什麼他能在演藝路上愈做愈好

再來是常會覺得「哇！這個小孩到底沒有在吃飯。」結果他把衣服掀起來～我嚇到，想說這也太多肌肉了吧！可以這麼瘦還這麼多肌肉，才發現他體育很好，打球、跑步什麼都很厲害，跳又跳很高，就想說好吧！長的漂亮又四肢發達。後來還發現他頭腦也很好，記得有次拍戲，休息時間玩桌遊，他常是第一個贏的人，就覺得怎麼那麼聰明，長得又帥，那一定有什麼缺點？想說一定是不會懂得省錢的人，結果發現他很早就有做老闆的想法，做自己的服飾品牌，還跟很多牌子異業合作，到跨國跟日本品牌合作等等，一步步都很進步的他，是很有想法的，根本無懈可擊！還非常關心人也很會觀察人，比方說，他來我家玩，會注意到大家喜歡吃什麼，所以會特別買每個人喜歡吃的東西，而且是買對人家真的喜歡的，很細心又乖巧。這就是他為什麼在演藝這條路上愈做愈好，因為非常會注意小細節，很難得！本來以為他是從小到大被人家照顧得很好的人，這一點很出乎我意料之外，他真的很棒！

我們也常會聊一些感情觀，發現他都會尊重和照顧自己喜歡的人，當然也有強勢大男人的一面，不過在生活、工作各方面，都會給很多意見。而且不會自怨自艾，常會說：「沒關係，你不要擔心！我一定會讓自己變得更好。」這幾年他真的都在做把自己變更好的事，他的樂觀、開朗、正面跟積極，讓我覺得很完美。這麼漂亮的男孩奮力讓自己更好，覺得他的力量好大喔！所以我非常非常喜歡他。很難得看到這樣的小孩，雖然跟他可能2、3年才碰一次面，但每次看到他，都給我大大的擁抱。沒有因為自己愈來愈好，或有段時間沒見疏遠了，他那個愛、溫暖都在，這就是他為什麼那麼成功，並對每個東西都抱持熱情和好奇，很期待他的寫真書，看他可不可以給我一個三點全露的私下照，哈哈哈！

祝福30歲的王子「做你自己，昂首闊步！揮灑你的天空！」

13 週年 Biography

1989 年出生的邱勝翊，在 2019 年迎接 30 歲生日，
同時於 2006 年出道至今 13 週年，特別記載這幾年
來王子重要的演藝大事紀。

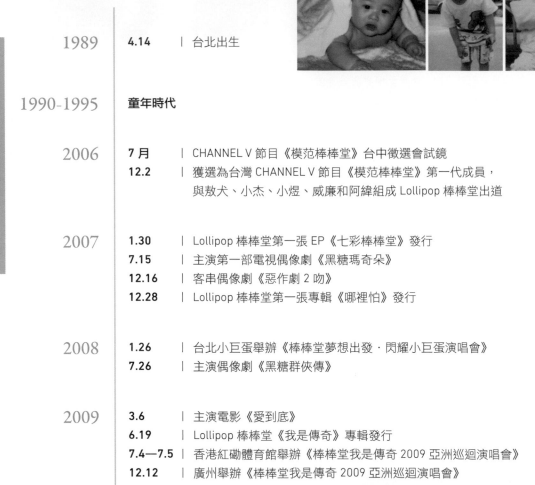

1989	**4.14**	台北出生
1990-1995	**童年時代**	
2006	**7 月**	CHANNEL V 節目《模范棒棒堂》台中徵選會試鏡
	12.2	獲選為台灣 CHANNEL V 節目《模范棒棒堂》第一代成員， 與敖犬、小杰、小煜、威廉和阿緯組成 Lollipop 棒棒堂出道
2007	**1.30**	Lollipop 棒棒堂第一張 EP《七彩棒棒堂》發行
	7.15	主演第一部電視偶像劇《黑糖瑪奇朵》
	12.16	客串偶像劇《惡作劇 2 吻》
	12.28	Lollipop 棒棒堂第一張專輯《哪裡怕》發行
2008	**1.26**	台北小巨蛋舉辦《棒棒堂夢想出發·閃耀小巨蛋演唱會》
	7.26	主演偶像劇《黑糖群俠傳》
2009	**3.6**	主演電影《愛到底》
	6.19	Lollipop 棒棒堂《我是傳奇》專輯發行
	7.4—7.5	香港紅磡體育館舉辦《棒棒堂我是傳奇 2009 亞洲巡迴演唱會》
	12.12	廣州舉辦《棒棒堂我是傳奇 2009 亞洲巡迴演唱會》

●《七彩棒棒糖》EP

●《嘻游記》

●《消失打看》

2010
5.24 | Lollipop 棒棒堂《棒棒堂一呼百應演唱會》
6.10 | 主演電影《精舞門 2》
7.2 | 主演電影《嘻游記》
9.10 | 香港舉辦《舞可取代‧邱勝翊廖俊傑音樂會》
10.9 | 主演電視《死神少女：過不去的靈魂》單元劇男主角

2011
●《消失打看》

1.11 | 與小杰、毛弟組成 JPM 男子團體
1.22 | 主演電視劇《三三故事館之假面巧克力》
4.29 | 主演電影《消失打看》
8.26 | JPM《月球漫步》專輯發行
12.23 | 主演電影《極速先鋒》

2012
1.6—4.7 | 主持電視節目《我愛男子漢》
4.3 | 主演偶像劇《愛上巧克力》
4.13 | 台北舉辦《占為己有生日會》
9.22—12.15 | 主持電視節目《給力男子漢》
9.27 | 主演微電影《以為》
11.30 | JPM《365》專輯發行

● JPM 時代

●《月球漫步》　　●《愛上巧克力》　　● JPM《365》專輯　　● JPM《365》專輯

《大紅帽與小野狼》●

● JPM 愛・進化巡迴演唱會

2013
8.3　　　｜ JPM 愛・進化巡迴演唱會
8.29—9.1｜ 主演舞台劇《大紅帽與小野狼：不讓你走ㄆㄧㄢ》
12.22　 ｜ 自創品牌 P. STAR

2014
4.12　　｜ 台北舉辦《來自星星的王子》生日派對
8.23　　｜ JPM 愛進化新歌演唱會

2015
3.29　　｜ 主演電視劇《妻子的謊言》
5.23　　｜ 第一場個人音樂會《王子的約會音樂會》

2016
2.24　　｜ 主演電視劇《愛人的謊言》
4.3　　 ｜ 廣州舉辦 10 週年生日演唱《王子十年約定生日會》
4.10　　｜ 台北舉辦 10 週年生日演唱《王子十年約定生日會》
8.21　　｜ JPM 於 MTV 演唱會合體表演
9.15　　｜ 主演電影《哥基王子》
11.7　　｜ 主演電視劇《雪地娘子軍》

●《愛人的謊言》

●《大紅帽與小野狼》　　　　《雪地娘子軍》●

● P.STAR 品牌

2017	4.2	台北舉辦《CLOSE TO YOU 生日音樂會》
	4.22	廣州舉辦《CLOSE TO YOU 生日音樂會》
	7.30	主演偶像劇《稍息立正我愛你》
	8.15	主演電視劇《我的老爸是奇葩》
	11.24	發行個人首張 EP《ATTENTION!》
	12.17—2.25	受日本攝影師蜷川實花邀請拍攝《IN MY ROOM 潮男群像展》於台北華山藝文中心展覽

● 《ATTENTION!》EP

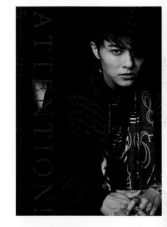

2018	2.2	主演電影《畢業旅行笑翻天》
	4.14	台北舉辦《愛上了你生日音樂會》
	5.1	香港舉辦《愛上了你生日音樂會》
	9.27—10.4	受邀參加巴黎時裝週
	12.11	主演電影《向天真的女孩投降》

2019	4.12	《在你心裡打個卡》數位 EP 上架
	4.19	個人首本寫真書《Prince Start.》發行
	4.21	30 歲《在你心裡打個卡》音樂簽書見面會

《在你心裡打個卡》EP ●

● 《IN MY ROOM 潮男群像展》

Dear... 王族 ..

想起 2006 年的夏天
因為你們，讓我的人生發生了變化
每次的出現，你們都給我最大的勇氣
不管是任何尖叫聲，各式各樣的應援
因為你們強大的力量，讓更多人認識我

這 13 年，一起在夢想的軌道上經歷了許多
很感謝一路上曾經支持我的你！
即便你現在不再追星，有自己的生活
我還是很開心能在你們的青春歲月佔有一席之地
而現在依然不離不棄，在我身邊的你意義就更大了
不論是元老也好，新加入的也好，我都無比感激！

謝謝你們讓我有動力在舞台上表演
謝謝你們讓我更有動力去嘗試新的挑戰
一切的努力，為的就是讓你們可以驕傲的說
我的偶像是～邱勝翔！

我們的關係，就像朋友，也像家人
所以在意你們的想法。
時常看你們的留言，問你們問題
從我 17 歲開始一直陪伴這波比至今 30 歲
對我來說是一段非常值得珍惜的緣份
謝謝你們這些年帶給我的美好！

都是因為你們，才有現在的我
希望你們因為我，有好的改變與成長
未來我也會盡力做好你們的榜樣
一起成為心目中最好的自己
讓我們一起創造更美好的回憶吧！

I'm Grateful for your Support. Thanks a Million

Behind The Scenes

幕　後　花　絮

被英國女孩街拍當作品，
太特別的經歷了這一趟。

轉吧！轉吧！七彩霓虹燈，
開心的無所不拍，
謝謝大家這趟倫敦行一起努力的感覺！

跟我平常很不同的感受倫
敦日夜生活的魅力，每個
地方都是行走的海報。

想不到在倫敦走到哪，都
三不五時遇到粉絲，有的
還說是從小看我長大的！

攝影大師各種姿勢
努力百拍，謝謝小
蘇哥和珍妮花導演
把我拍的帥帥的。

在創意市集紅磚巷挖寶。
Check Check Check Check
Check me out……

到我愛的電影《真愛每一天》
的彩色小屋拍攝地 Notting
Hill，逛逛 Portobello Road
Market，也是我很喜歡的……體
驗當地生活。

有粉絲支持，我很幸福。
很多都是跟我一起成長的，
這次讓你們看到不一樣的我。

攝政公園很舒服的跑跑跑，
還和天鵝玩自拍。

在超級傳奇樂團 The Beatles 披頭四的 Abbey Road 艾比路學他們專輯不停地走，像在走伸展秀了我！Come together～

命運中的安排，就走到莎士比亞牆前，風一樣的男子。

在英國紳士理髮店上了油的髮，是不是很有成熟的大男人味。

受邀參加設計師倉朴的倫敦時裝週，現場意外地很多歐美女星找我拍照，攝影説是否要留下來發展？笑～

194

粉紅色、粉藍色的倫敦，浪漫的很 OK 喔！

在倫敦很認真的和英國鋼琴老師學習，幸福的完成遊學夢。學完立馬有空就在倫敦住處練習。欸唷～不錯喔！

英國標誌性的紅色電話亭聽說快要絕跡了，第一次來怎能錯過！

在倫敦眼上我開心的跟小孩一樣，最後到這剛好旅程也要結束了，和第一天坐飛機來的風景相仿，就覺得～嗯！很感謝我們完成了一個任務，真的是一個很開心很美好的回憶，也做了些期許！
倫敦～下次見……

推著打包好的行李在倫敦機場，就要回家了，心裡好捨不得！

Prince Start：邱勝翊的 10957 個日子

作　　者——邱勝翊（王子）

經紀公司——華研國際音樂股份有限公司

經 紀 人——于恩懿、曾羽灘

攝　　影——蘇益良

攝影助理——陳凱勛

文字企劃——陳佑瑄

化　　妝——李凱潔

髮　　型——Zach Wang

造　　型——呀喂整體造型工作室

服　　裝——AllSaints、BALLY、CALVIN KLEIN JEANS、CERRUTI 1881、
Christian Louboutin、Coach、Nike

責任編輯——程郁庭

責任企劃——汪婷婷

美術設計——季曉彤

內頁設計——ST

總 編 輯——周湘琦

發 行 人——趙政岷

出 版 者——時報文化出版企業股份有限公司
10803 台北市和平西路三段 240 號 2 樓
發行專線—(02)2306-6842
讀者服務專線—0800-231-705　(02)2304-7103
讀者服務傳真—(02)2304-6858
郵撥—19344724 時報文化出版公司
信箱—台北郵政 79 ～ 99 信箱

時報悅讀網——http://www.readingtimes.com.tw

電子郵件信箱——books@readingtimes.com.tw

法律顧問——理律法律事務所　陳長文律師、李念祖律師

印　　刷——詠豐印刷有限公司

初版一刷——2019 年 4 月 12 日

定　　價——新台幣 560 元

（缺頁或破損的書，請寄回更換）

特別感謝—— Chocola **BB**®　　watsons　　Beauty Buffet 天天美麗 by watsons　　 MIRAE 未來美　　 2020 EYEhaus　　ic! berlin

Prince Start : 邱勝翊的 10957 個日子 / 邱勝翊著 .-- 初版 .-- 臺
北市 : 時報文化，2019.04
面；　公分 .-- (玩藝；81)
ISBN 978-957-13-7748-3 (平裝)

855　　　　　　　　　　　　　　　　108003906

Chocola BB

累了，就不可愛囉！

品牌代言人
曾之喬

Chocola BB Plus
俏正美BB Plus 糖衣錠

你的可愛　我來守護

Q彈了，就更可愛囉！

Chocola BB Collagen
俏正美BB 膠原錠

請洽全省屈臣氏，康是美，Tomod's門市

watsons　　COSMED 康是美　　Tomod's